BIBLIOTHÈQUE SLAVE ELZÉVIRIENNE

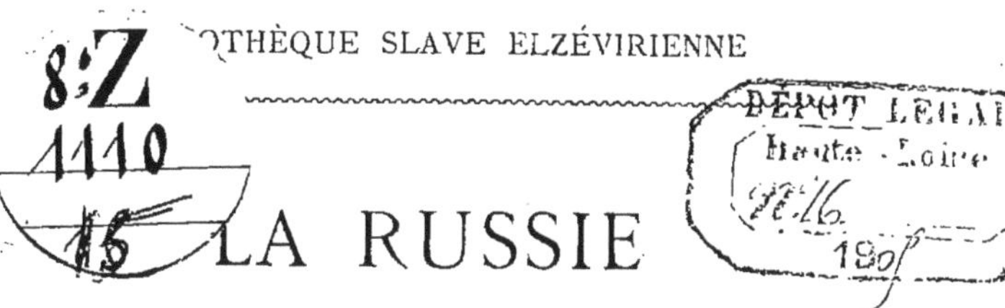

LA RUSSIE EN PROVERBES

PAR

RAYMOND PILET.

Un soleil rouge au ciel, un tsar dans la Russie.

PARIS

ERNEST LEROUX, ÉDITEUR

28, RUE BONAPARTE, 28

1905

LA RUSSIE EN PROVERBES

LA RUSSIE
EN PROVERBES

PAR

Raymond PILET.

Un soleil rouge au ciel, un tsar dans la Russie.

PARIS

ERNEST LEROUX, ÉDITEUR

28, RUE BONAPARTE, 28

—

1905

En général on trouve, dans la composi-
tion des proverbes russes, une sentence,
une image poétique et certaines assonances
verbales destinées à en faciliter la mémoire.

C'est ce qui explique pourquoi leur traduction est si difficile.

Les assonances disparaissent nécessai-
rement, la sentence est parfois susceptible
de diverses interprétations, comme les an-
ciens oracles, et l'image poétique, si gra-
cieuse dans ses vêtements flottants de pay-
sanne slave, prend un air empesé dans les
robes de cour de la langue française.

En présence de ces difficultés, le traducteur a du moins cherché à conserver non
seulement le sens, mais encore le mot à
mot du texte. Dans le conflit entre la
langue russe qui supprime le verbe auxi-

liaire et notre syntaxe qui l'exige, il a cru devoir adopter fréquemment la forme russe, quand il n'en résultait pas d'obscurité. Il a traduit par exemple littéralement :

Ame étrangère, forêt sombre.

parce que la comparaison apparaît plus spontanée, plus franche et plus concise que si on écrivait conformément à nos règles grammaticales :

L'âme étrangère est une forêt sombre.

Autre exemple :
Les Russes n'ont pas de mot qui réponde à l'idée abstraite de beau. Mais comme ils aiment la couleur rouge, ils donnent l'épithète de rouge à ce que nous qualifierions de beau :

Un soleil rouge au ciel, un tsar dans la Russie.

Manger le pain et le sel, entendre le son rouge des cloches de notre chère petite-mère Moscou.

La rouge jeune fille au milieu de la ronde,
c'est l'éclat des pavots dans un verger.

En traduisant ici rouge par beau, à la manière des dictionnaires, on supprime l'image, on enlève, c'est le cas de le dire, la couleur locale.

La Russie n'a rien à envier à la patrie de Sancho Panza sous le rapport du nombre et de la qualité des proverbes. On en a recueilli plus de dix mille, dont une foule sont des chefs-d'œuvre de sagesse ou de fine observation.

Le traducteur a cru cependant que ce petit recueil suffirait. Quand on apporte du caviar à ses amis de France, il est bon de ne pas leur en offrir une trop forte dose; le caviar lui aussi a souffert du transport, comme le proverbe de la traduction.

Breslau, le 31 janvier 1905.

Le traducteur.

LA

RUSSIE EN PROVERBES

———

DIEU

Vivre c'est servir Dieu.

Dieu est dans les grandes choses, Dieu est
dans les petites choses.

Tout est possible à Dieu.

Du Seigneur dépend notre volonté.

Dieu est le vieux magicien.

La rosée de Dieu humecte la terre.

Dieu montre la route.

Sans Dieu on n'atteint pas le seuil.

Le Dieu puissant est secourable.

Dieu donne le jour, il donne aussi la nourriture.

Dieu donne et il donne par la fenêtre [1].

L'homme va, Dieu le mène.

Hommes perversité, mais Dieu est la bonté.

Aller vers Dieu c'est marcher vers le bien.

Où est l'amour, là est Dieu.

Ceux qui ont l'amour, Dieu les aime.

Dieu aime la douceur.

Dieu aime celui qui travaille en se signant.

Dieu voit l'offenseur.

Dieu n'est pas prompt, mais il est infaillible.

Dieu attend longtemps, mais il frappe cruellement.

On se cache des hommes, mais on ne se cache pas de Dieu.

Quand Dieu nous abandonne, les bons nous abandonnent.

Vive Dieu, vive mon âme !

Le ciel est la maison de Dieu, les étoiles sont les fenêtres par où s'envolent les anges.

---

1. C'est-à-dire : il n'attend pas pour donner.

LE TSAR

Pas de terres Russes sans Tsar.

Sans Tsar le peuple est orphelin.

Un soleil rouge au ciel... un Tsar dans la
Russie.

Le Tsar, cher petit père, espoir, Tsar ortho-
doxe, Tsar blanc.

Le Tsar ne rend compte qu'à Dieu.

Le cœur du Tsar est dans la main de
Dieu.

Prière à Dieu, service au Tsar ne sont jamais
perdus.

Qui n'a pas péché envers Dieu n'est pas cou-
pable envers le Tsar.

Tous n'ont pas vu le Tsar, mais tous ont prié
Dieu pour lui.

Le Tsar protège les villes.

La gloire du Tsar, c'est la multitude de ses
guerriers.

Le Tsar commande et les villes exécutent.

Moscou ne donne pas d'ukase au Tsar, mais
le Tsar à Moscou.

Le Tsar est bienveillant, son piqueur ne l'est
pas.

Le Tsar est bienfaisant, mais sa bienfaisance
passe par le crible des boyards.

Le pauvre soleil ne réchauffe pas tout le
monde et le Tsar ne contente pas tout le
monde.

Dieu est bien haut et le Tsar est bien loin.

Commander à l'empire, mais avoir en Dieu
son espoir.

Le meilleur ami du Tsar, c'est la vérité.

Le Tsar ordonne, mais Dieu mène sur le che-
min de la grande vérité.

Tsar et peuple, tout ira dans la terre.

LE PEUPLE

Le peuple, c'est la vache que chaque passant
trait.

Le peuple, c'est la vague [1].

C'est la laine (tondue) [1].

Le peuple est le corps, le Tsar la tête.

1. Le sens varie suivant l'accent du mot « volna ».

LA RUSSIE

Novogorod le père, Kiev la mère, Moscou
le cœur et Pétersbourg la tête.

Notre Moscou, c'est la beauté des villes.

Qui n'a pas vu Moscou n'a rien vu de beau.

Moscou s'est faite par les siècles et Pierre [1]
par les millions.

Moscou bat de la pointe et Pierre se frotte
les côtes [2].

Moscou est une vieille petite mère bossue [3].

Moscou se glorifie de ses fiancées, de ses
cloches et de ses calatches [4].

Moscou est en hommes et en pains.

Manger le pain et le sel, entendre le son
rouge des cloches de notre chère petite
mère Moscou !

1. Pétersbourg.

2. Renverse Pierre de la pointe du pied, termes de
lutteurs.

3. A cause de ses collines.

4. Sortes de pains.

Pierre prend une femme, Moscou prend un mari.

Moscou est une mère pour les uns, une marâtre pour les autres.

Moscou ne pleure pas.

Moscou ne croit pas aux larmes.

Moscou brûle par une chandelle d'un sou.

Loue les pays lointains, mais reste à la maison.

Au-delà des mers il fait plus chaud, mais il fait plus clair chez nous.

Venant de notre pays natal, même le corbeau nous plaît.

A la maison tout est facile et c'est plus dur de vivre à l'étranger.

Un hôte dans la maison, c'est Dieu dans la maison.

La Sibérie est terrible à l'oreille, mais les gens y vivent mieux que chez nous.

Le Russe est fort pour l'esprit d'après-coup. (d'escalier)

L'esprit du Russe le suit par derrière.

Le mois Russe attend quelque peu.

Il y a trente heures par jour en Russie.

Les Russes sont toujours vantards.

Russe..... cadeau.

Le Russe dans la joie et dans la douleur boit.

La joie du Russe est de boire et il ne peut
pas exister sans cela.

Qui boit de l'eau ne descend pas des boyards.

L'Allemand arrive avec sa raison, le Russe
avec ses yeux.

Ce qui est la santé du Russe est la mort de
l'Allemand.

LA NOBLESSE

Le tchine respecte le tchine [1].

Renom de gentilhomme, il faut beaucoup
pour cela.

Vivre en noble on ne peut pas, être paysan
on ne veut pas.

Fils de noble est déjà rassasié par la vue.

Repas de nobles, deux champignons sur une
assiette.

Le fils de noble, comme le cheval de Nogaï,
meurt en ruant.

1. Le tchine ou hiérarchie russe comprend 12 classes.

LE CLERGÉ

Quand il a faim, même un Archimandrite
vole.

En forêt, le pope lui-même est un voleur.

A Dieu la gloire, au pope le grand morceau
de lard.

Ventre de pope est insatiable.

Le pope est un grand sac sans fond.

Le pope aime les crêpes, mais il les mange
seul.

Le pope boit et la popesse frit les crêpes.

Le pope est un pope et la popesse une
madrée.

Le pope et le coq, lorsqu'ils ont mangé, chantent, et s'ils n'ont pas mangé, ils chantent.

Les popes chantent sur les morts et les mous-
tiques sur les vivants.

A pope sourd deux messes ne chantent pas.

Le pope est là, c'est qu'on arrive.

Sans pope c'est comme sans sel.

Pope se confessant à pope se contente de
cligner de l'œil.

Le pope a le sien et le diable a le sien.

Les lettres ennuient le pope.

Le pope est rassasié de l'autel et le diacre de
la comptabilité.

Le pope marie et le tsar ne démarie pas.

En attendant les morts qui dorment, le pope
lui-même s'est endormi.

Son des cloches n'est pas prière, braillement
n'est pas entretien.

LE PAYSAN (MOUJIK)

Moujik gris au cafetan large, les pieds nus,
des chaussures d'écorce et des haches à la
ceinture, une rougeur au nez, et sur
chaque joue comme sur le nez.

Le moujik saluait le vent. Le soleil dit :
« Je te brûlerai ». Mais le vent : « Je ne
te laisserai pas ». Le froid dit : « Je te
gèlerai. » Mais le vent : « Je te chas-
serai. »

Le moujik russe n'est pas rassasié sans cacha
(gruau).

Le moujik a mangé longuement du cacha ;

il a posé la cuiller, s'est déboutonné, a repris haleine..... et a recommencé de plus belle.

Mettez un moujik à table, il mettra les pieds sur la table.

Le moujik reste un an sans boire, deux ans sans boire et lorsque le diable sort, il boit toute sa maison.

Le moujik travaille en geignant et ramasse le pain en sautant.

Aux champs il y a deux volontés.

Ce n'est pas l'année, mais la journée qui nourrit le moujik.

Un fils, c'est pas de fils ; deux fils, un demi-fils ; trois fils, c'est un fils.

Le moujik est intelligent, mais le Mire (conseil des moujiks) est idiot.

Le moujik est étourdi comme le corbeau et rusé comme le diable.

Le moujik se montre simple comme un pourceau et traître comme un serpent.

Le moujik avec des richesses, c'est un taureau avec des cornes.

Ne battez pas le moujik avec le knout, battez le avec le rouble.

Pour entendre des dictons, le moujik est
   allé à Moscou.
Moujik..... flambeau de Dieu et serviteur du
   Tsar !

LA VIE

Vivre la vie, ce n'est pas enjamber un champ.
Craignez la vie, ne craignez pas la mort.
La vie est malade et elle met au monde des
   enfants.
J'ai beaucoup désiré et je n'ai rien atteint.
La première crêpe est manquée.
Ce qui sera sera, nous ne l'éviterons pas.
La destinée est écrite dès la naissance.
On n'échappe pas à son sort.
Chez qui le mauvais sort n'habite-t-il pas ?
C'est un ananas, nous n'en aurons pas.
Les bons jeunes gens ne se marient pas, les
   belles filles ne trouvent pas d'époux.
Non comme on a voulu, mais comme Dieu
   voulait.
On voulait se faire moine, on s'est contenté
   de se marier.

Plus on vit, plus on faillit.

Ni vivre, ni mourir.

Ne vit pas mieux qui vit le plus longtemps,

A travers l'or coulent les larmes.

La santé vaut mieux que tout.

Dieu donne la vie, il donne aussi la santé.

La santé s'en va par poudes et revient par
zolotniks [1].

La mort n'est pas derrière les montagnes, elle
est derrière nos épaules.

Vivre un siècle, apprendre un siècle, on meurt
comme un imbécile.

LE SONGE

Beaucoup dormir, c'est vivre peu ; ce qu'on a
dormi, on l'a vécu.

Les faits réels de la veillée nous apparaissent
dans le songe.

Le songe dans le chagrin, tel un navire sur
l'eau profonde.

1. Le poude vaut 40 livres russes et le zolotnik la 96me
partie de la livre.

Le songe c'est comme dans la main.
Songe vaut mieux que tout remède.
Songe est plus caressant que père et mère.
Le songe n'entre pas dans l'esprit d'un affamé.

L'HOMME

L'eau au poisson, l'air à l'oiseau, mais à
l'homme toute la terre.
Les ailes à l'oiseau, la raison à l'homme.
L'homme serait homme; mais il ne reste
plus rien en lui de l'image de Dieu. .
L'homme est trois fois miraculeux; il naît, il
se marie et il meurt.
Nous voyons l'homme, mais nous ne voyons
pas son âme.
Ame étrangère, forêt sombre.
Nous voyons la langue, nous entendons le
discours, mais nous ne voyons pas et nous
n'entendons pas le cœur.
La peau du lynx a beaucoup de couleurs et
l'intérieur de l'homme beaucoup de ruses.
Ce n'est pas l'œil qui voit, mais l'homme ;
ce n'est pas l'oreille, c'est l'âme qui entend.

La mémoire est dans le corps, la pensée dans
le cerveau, le désir dans le cœur.

Sagesse est dans la tête et non dans la
barbe.

Chacun sait son nom, mais nul ne se rappelle
de son visage.

Les mains travaillent, mais la tête nourrit.

Un bel homme est agréable à regarder, mais
il est plus facile de vivre avec un homme
d'esprit.

Qui a un rouble a de l'esprit; pas de rouble,
pas d'esprit.

Où il y a un petit pâté, il y a un petit ami.

Il regarde avec bienveillance, comme s'il
donnait un rouble.

La vérité est forte, mais l'argent est plus fort.

LA FEMME ET LE MARIAGE

Jeune fille dans le terem, petite pomme au
paradis [1].

1. Terem, chambre en saillie au haut d'une maison,
assignée aux femmes.

Catherine Catherinette, de petits pieds de colombelle.

Grande beauté, les cheveux blonds.

Les cheveux blonds, tombant jusqu'à la ceinture de soie.

Plus rouge que la couleur pourpre, plus blanche que la neige blanche [1].

Plus rouge que le petit soleil rouge, plus claire que la lune brillante.

La couleur pourpre est répandue sur son visage, la plume blanche sur son sein.

Poitrine de cygne, démarche de paon, yeux de faucon, sourcils de zibeline.

Propre, joli visage et langage charmeur.

Humble comme un agneau, diligente comme une abeille, belle comme un oiseau du Paradis, fidèle comme une tourterelle.

La rouge jeune fille au milieu d'une ronde, c'est l'éclat des pavots dans un verger.

Graine d'à travers champs est l'esprit de la femme.

---

1. Rouge, couleur favorite des Russes est synonyme de beau.

Pendant que la femme descend du poêle (sur
lequel elle couche), soixante-dix-sept pen-
sées lui traversent la tête.

La femme tortille soixante-dix fois par jour.

La femme tourne et vire et l'affaire va son
train.

La femme danse et se fait belle.

Où il y a une femme, c'est un marché ; où il
y en a deux, c'est un bazar.

Trois femmes, c'est un bazar ; mais six, c'est
la grande foire annuelle.

La femme est comme le pot de terre : quand
on l'a retiré du feu, il crépite encore plus.

La femme est une sotte.

La femme pêche, c'est grand-papa qui a
péché.

La femme a pris la bouillie, c'est grand-papa
avec sa cuiller.

Six fers de hache tiennent ensemble, mais
deux quenouilles se séparent.

Quand le diable n'y peut rien, il y délègue
une femme.

La femme et la mort, Dieu les distribue.

La femme est un bonheur pour l'un et un
malheur pour l'autre.

Mari et femme, une seule âme.

Qui prend une bonne épouse ne connaît plus l'ennui ni le chagrin.

Vivre ensemble et mourir ensemble.

Bonne épouse et grasse soupe aux choux, n'allez pas chercher d'autres biens.

On a trois amis, son père, sa mère et sa femme fidèle.

Une seule abeille ne récolte pas beaucoup de miel.

Même au Paradis, il serait insupportable de vivre seul.

L'homme est un père pour sa femme, la femme une auréole pour son mari.

A bonne épouse mari honnête.

La femme la plus honnête est la plus chère à son mari.

Qui ne se marie pas n'est pas un homme.

Aime ta femme comme ton âme et bats-la comme ta pelisse.

Nous ne sommes pas en Pologne ; ici, plus que la femme est l'homme.

Se marier jeune c'est trop tôt, se marier vieux c'est trop tard.

On se marie une fois, on pleure toute une vie.

Ne regrettez pas de vous être levé tôt, mais
de vous être marié jeune.

Tenir maison, c'est avoir des difficultés avec
tout.

La fiancée n'a pas de place et le fiancé n'a
pas de tête.

Allez donc deviner comment les filles se
marient.

On pleure d'être jeune fille; à peine mariée,
on hurle.

LA MÈRE (Poésie populaire russe).

Des flots de rivière...
Les pleurs d'une mère.
Un ruisseau..... les pleurs
Que versent les sœurs.
Larmes d'épousée...
Gouttes de rosée.

LES ANIMAUX

Canard, canard palmé..... homme qui a de
l'entendement.

Poule d'Inde..... stupide.

Poule, poule mouillée..... homme faible et
misérable.

Canne...... marche de travers.

Cygne..... beauté.

Paon..... superbe beauté.

Coq..... combattant et vert-galant.

Pigeon, colombe, colombelle..... caresse.

Héron..... long-nez.

Corbeau..... étourderie.

Hibou, chouette..... gros yeux.

Le petit chat sait bien qui a mangé la viande.

Le chat ne se lasse pas de prendre des souris, le voleur n'est jamais fatigué de voler.

Jeux de chat, larmes de souris.

Le chien est plus sensé que la femme, il
n'aboie pas à son maître.

Le chien aboie même à un archevêque.

Chien sur le foin ne mange pas et ne laisse
pas manger les autres.

Le chien ne garde pas le beurre.

Le cheval est rapide, mais il ne s'échappe
pas de sa queue.

Le cheval est un ennemi, mais le chien est
un ami.

Prompt est le cheval, plus prompt encore à
s'arrêter.

Le lion, tsar des animaux, est franc et
fidèle.

Une cage d'or est bonne pour l'oiseau, meil-
leures sont les branches vertes.

Pour le rossignol, cage dorée n'est pas une
joie.

Les corbeaux ont passé la mer, l'esprit ne
leur est point venu.

Le corbeau ne crève pas les yeux au corbeau.

L'aigle est le tsar des oiseaux, et cependant
il redoute le faucon.

LE CHANT

Le conte est un artifice de mots, la chanson
a existé.

Le pauvre chante des chansons, le riche ne
fait que les écouter.

La conversation raccourcit la route, et le
chant le travail.

Pas de voix, mais son âme chante.

Ne sont pas gais tous ceux qui chantent.

LES PROVERBES

Les proverbes sont la vérité.

Les proverbes ne se répètent pas inutilement.

On ne se passera jamais de proverbes.

Les proverbes ne sont pas démolis par les siècles.

Il n'y a pas de tribunal pour les proverbes.

DIVERS

Les affaires, les affaires, c'est de la suie blanche.

Bon politique, mauvais chrétien.

Un sot jette une pierre dans l'eau et dix hommes d'esprit ne parviennent pas à la retirer.

Dieu a donné à la vache une langue grande et large, et il lui a refusé la parole.

Écouter un sot, ce n'est pas manger du pâté.

Le sot fait l'éloge du sot.

Enseigner un imbécile, c'est vouloir guérir un mort.

Sans le bâton on n'apprend pas.

Le vin se cuve, la bêtise jamais.

A l'ivrogne la mer ne va qu'au genou.

Le coude est bien proche et on ne peut pas le mordre [1].

Le savon est gris, mais il lave blanc.

ENIGMES.

Une jeune fille est assise dans une sombre prison et sa natte est dans la rue (*carotte*).

Ni fenêtres, ni portes et la chambre est pleine de monde (*concombre*).

Petit, audacieux, il a percé la terre et trouvé un petit bonnet rouge (*champignon*).

De grandes chambres blanches et des poteaux rouges (*oies*).

[1]. Il faut dire que s'il était loin, on ne pourrait pas le mordre davantage.

De petits paysans, arrivés sans hache, ont construit une hutte sans angles (*fourmis*).

Elle salue, elle salue et quand elle entre à la maison elle s'étale (*hache*).

Une nappe blanche a recouvert le monde entier (*neige*).

Il est né, il n'a pas fait le signe de la croix et cependant il a porté le Christ (*âne*).

Des caractères sont tracés sur du velours bleu et la lecture n'en est donnée ni aux prêtres, ni aux diacres, ni aux sages moujiks (*les étoiles*).

FIN

TABLE

Le Puy, imp. R. Marchessou. Peyriller, Rouchon et Gamon, suc.

ERNEST LEROUX, ÉDITEUR
28, RUE BONAPARTE, 28

BIBLIOTHÈQUE SLAVE ELZÉVIRIENNE

COLLECTION SLAVE

Le Puy, imp. Marchessou. — Peyriller, Rouchon & Gamon, sucrs.